W0368105

LA NOUVELLE
ASTROLOGIE CHINOISE

LE SANGLIER

CRÉALIVRES
3/5, RUE DE NESLES - 75006 PARIS

Tous droits réservés

© copyright 1986,
Créalivres,
Comptoir du Livre
3/5 rue de Nesles, 75006 Paris

Texte de Shao Hin et de Laurène Petit.
Iconographie : Bibliothèque Nationale, Paris.

Imprimé en Italie

N° d'éditeur : C183
N° ISBN pour la collection : 2-86721-066-3
N° ISBN pour le présent volume : 2-86721-065-5

Dépôt légal : Paris, 2e trimestre 1989

Diffusion exclusive en France:
Comptoir du Livre à Paris.

Diffusion exclusive en Belgique pour la langue française:
Daphné Diffusion à Gent.

前言

Avant de faire la connaissance de Shao Hin, je ne connaissais l'astrologie chinoise qu'au travers de sinologues éminents, certes, mais Français ! En sa compagnie, j'ai découvert la beauté des arts divinatoires de son pays à travers son langage imagé et ses gestes empreints d'une grâce toute occidentale.

Lorsqu'elle m'a proposé d'allier nos connaissances, j'ai éprouvé un vif plaisir, tout en ayant la crainte de la trahir par ma plume somme toute occidentale.

Mais une sorte d'osmose s'est créée entre nous, pont fragile entre l'Orient et l'Occident. J'ai essayé de m'effacer suffisamment pour que les lecteurs goûtent à cette poésie chinoise si subtile, tout en la rendant assez compréhensible à notre mentalité. Shao Hin parle couramment le Français, mais ne se sentait pas apte à l'écriture occidentalisée.

Nous espérons avoir réussi à vous offrir ce petit voyage en Chine. Et puis, si le panthéon des Dieux change, les hommes sont faits d'une même chair et attendent une vision universelle de leur destinée.

Laurène Petit

生值牛骨為人性
寬廣見博覽弟〻
曉得但不得鄉情
宜典外都人相倭
有大力直擒之相

生值兎骨為人作
事有頭無尾遇李
少成二十年榮華
險本主富貴離家
不返吉上下和睦相

生值蛇骨為人愛
自在安靜心性急
言語傷人一生少
疾輕快心有狠毒
須疵之相

生值虎骨一生
居田地宜自家
為人近貴有酒肉
分營謀遂有威猛
權柄之相

生值龍骨為人近
貴有大威勢居官
丙公發才春夏吉
秋冬不利只清貴
有声名自在之相

生值馬骨一生近
貴衣食足為人不
停走州往府自居
屋宅有才根無疾
病快樂動靜之相

生值羊骨一生清
閑與上下鄰人不
和睦性急離祖自
手置田生向老來
富貴近貴之相

生值雞骨一生近
貴好作九流為師
有牙爪高名顯達
不吃無功之祿早起
夜眠喜歡歡喜之相

生值猪骨一生值直
近貴人敬重不愛
祖宅生住才飲食
不問粗細病患多
自在尊重之相

生值猴骨一生有
才德被人脫騙為
人輕快聰明性急
好吃菓子輕薄枷
鎖直擒之相

生值犬骨一生近
貴有福祿為人豫
既不吃無功之祿
主成家不受人欺無
疾患輕快之相

生值鼠骨為人快
惱啾唧或有快活
物件衣服常與外
親人相爭一生病
患啾唧之相

LES CLEFS DE L'ASTROLOGIE CHINOISE

中國星相學的要諦

中國星相學的要諦

Pour approcher le fonctionnement des arts divinatoires en Chine, il faut bien comprendre que pour les Orientaux, il n'existe pas de bien ou de mal. Simplement un désordre, que l'homme sème sur terre par ignorance, dans la vaste harmonie de la nature. L'astrologie, ici, permet de comprendre ses contradictions internes et d'y remédier. Car, comme l'a écrit Confucius : « Celui qui ne connaît pas son destin ne sera jamais vraiment un homme. » Les prédictions n'ont pas un caractère de déterminisme, mais offrent une toile de fond sur lequel l'homme tente de s'harmoniser. Un Chinois ne se dira jamais : « Je suis un Singe donc j'ai tels défauts, telles qualités », mais plutôt « De quelles façons puis-je être Singe dans les différentes circonstances de la vie ? ». Cette nuance, très importante, devrait être la clé vous permettant de vous servir de cet ouvrage pour le mieux dans l'esprit chinois.

Les 12 animaux : Un thème chinois est aussi complexe, si ce n'est plus, qu'un thème occidental. Ce livre ne suffirait pas à l'expliquer dans le détail. Mais il vous permettra de faire un portrait très proche de la réalité.

十二生肖

En Occident, il existe 12 signes, liés à chaque mois de l'année.

En chine, il existe 12 signes liés à chaque année d'un cycle de 12 ans : le Rat, le Buffle, le Tigre, le Lièvre, le Dragon, le Serpent, le Cheval, la Chèvre, le Singe, le Coq, le Chien et le Sanglier.

Mais attention, l'année chinoise commence le 4 ou 5 février, c'est-à-dire 45 jours avant l'équinoxe du printemps. Vous trouverez en 4e de couverture les dates exactes concernant votre animal de naissance.

Ces annimaux représentent votre moi social, la façon dont vous vous laissez percevoir par les autres.

Le compagnon de voyage : Shao Hin avait été très choquée de s'apercevoir qu'en France, les gens n'hésitaient pas à donner leur heure de naissance ou leur ascendant.

旅伴們

En Chine, s'il est poli de se présenter par son animal annuel — car les autres sauront comment mieux vous aborder

旅伴們

— il est incorrect et dommageable de dévoiler sa date précise de naissance. En effet, celle-ci renferme toutes des données de votre personnalité profonde, et le montrer équivaut à perdre la face. Autrefois, dévoiler la date de naissance d'un Empereur était puni de la peine de mort, car c'était porter atteinte à sa toute puissance !

Le compagnon de voyage, comme son nom l'indique, représente la voix que tout un chacun entend au plus profond de lui et qui le trouble, l'aide, le pousse à agir, et avec lequel le dialogue n'est jamais interrompu. Le signe annuel représentant l'extérieur de l'être et le compagnon de voyage ses pulsions profondes, ils devront chercher entre eux deux l'harmonie parfaite pour faire un individu accompli.

Comme l'ascendant dans l'astrologie occidentale, il se calcule à partir de l'heure de naissance. Et c'est là qu'il faut un peu d'attention.

En effet, il existe une différence entre l'heure solaire et l'heure légale. Alors pour remettre vos pendules à l'heure, reportez-vous au tableau des heures d'été en fin de volume. Vous aurez ainsi votre heure solaire de naissance. A ce résultat, il vous faut ajouter 8 heures pour avoir l'heure de Pékin. Une fois ce calcul fait, reportez-vous au tableau pour connaître votre compagnon de voyage.

成分

Compagnon de voyage	Heure de naissance
Rat	de 23 à 1 h
Buffle	de 1 à 3 h
Tigre	de 3 à 5 h
Lièvre	de 5 à 7 h
Dragon	de 7 à 9 h
Serpent	de 9 à 11 h
Cheval	de 11 à 13 h
Chèvre	de 13 à 15 h
Singe	de 15 à 17 h
Coq	de 17 à 19 h
Chien	de 19 à 21 h
Sanglier	de 21 à 23 h

Les éléments : Pour affiner encore plus ce portrait, il est primordial de savoir qu'en Chine, chaque animal possède ce que l'on appelle un élément stable.

En Occident, il existe 4 éléments : la terre, l'eau, l'air, le feu.

En Chine, il existe 5 éléments : le bois, le métal, la terre, l'eau, le feu.

Comme le Taureau sera élément terre, le Gémeaux élément air, le Singe sera élément stable métal, le Rat élément stable eau.

Ainsi, le Rat, le Buffle et le Sanglier auront l'eau pour élément stable.

Le Tigre, le Lièvre, le Dragon auront le bois pour élément stable.

Le Serpent, le Cheval, la Chèvre auront pour élément stable le feu.

Le Singe, le Coq et le Chien auront

pour élément stable le métal.
La terre n'est l'élément stable d'aucun signe, car elle contient tous les éléments en elle.

Mais pourquoi stable ? : Si en Occident, le Taureau sera toujours un signe de Terre, en Chine, les relations entre les signes et les éléments sont plus complexes et plus personnalisées.

但為何穩定

Pour bien comprendre, il nous faut revenir au cycle des planètes, sur deux d'entre elles exactement : Saturne et Jupiter. Saturne met 60 ans pour faire sa double révolution autour du soleil. Tous les 60 ans donc, la grande fête du nouveau cycle commence. Février 1924 était un début de cycle, février 1984 un autre.
Mais Jupiter, de son côté, met 12 ans, un an par signe, pour faire sa révolution solaire, et tous les 12 ans, il donnera en repassant sur le même signe un nouvel élément. Comme il y en a 5, il faut bien 60 ans pour qu'un cycle recommence. Ainsi le Singe sera eau en 1932, bois en 1944, feu en 1956, terre en 1968, et métal en 1980. Puis, tout recommence.
Ainsi donc, une personne née en 1956 sera Singe, élément stable métal mais élément associé feu. Cette personne devra compter avec les apports du métal, du feu et de l'élément stable de son compagnon de voyage.

Qu'apportent les éléments ? : Les éléments, ou Hsing en Chinois, sont des apports essentiellement dynamiques. Ils ont le pouvoir d'adoucir ou de renforcer certains traits de votre caractère. Un Sanglier feu sera plus sensuel et intrépide qu'un Sanglier eau plus intuitif. Ces éléments caractéristiques sont détaillés dans la partie dictionnaire de ce volume à l'entrée Eléments.

成分帶來什麼

Et comme en Chine, tout participe du Tout, ces éléments sont étroitement liés et forment entre eux des accords ou des désaccords qui forgent la nature profonde d'un être.

« La terre engendre le métal qui engendre l'eau qui engendre le bois qui engendre le feu qui engendre la terre. » Le cercle parfait. Mais... « Le métal (la hache) nuit au bois, l'eau éteint le feu qui brûle le bois qui retourne à la terre qui contient en elle tous les autres éléments. »

En étudiant votre thème, n'ayez pas peur des contradictions qui apparaîtront. Elles sont là pour compenser l'être dans l'harmonie, et l'excès d'un élément pourrait être plus néfaste, le mieux étant l'ennemi du bien !

Dans la partie dictionnaire, ne manquez surtout pas l'entrée Yin Yang, essentielle pour mieux englober votre personnalité. Et enfin, le dernier chapitre vous dévoilera combien nos deux astrologies se complètent, et cela avec des sources de recherche bien différentes.

成分帶來什麼

En effet, si l'astrologie occidentale se fonde sur le mouvement des planètes, l'astrologie chinoise se base sur le calendrier. C'est pourquoi on la nomme souvent « chronomancie ».

Pour bien pénétrer l'esprit divinatoire oriental, il faut avoir en mémoire que le Chinois sait avoir toujours la possibilité d'être maître de son destin ; ce conte populaire tiré du Liaozhai l'illustre parfaitement :
« Un jeune junzi (jeune noble lettré), au cours d'un rêve, vit les deux sages qui compulsaient le livre des Morts. La chaleur devenant étouffante, les deux acolytes du « juge infernal » allèrent se désaltérer et le jeune lettré, piqué par la curiosité se mit à lire la page des prochains appelés. Y trouvant son nom, il prit un pinceau et modifia les caractères pour s'attribuer cent années de vie supplémentaires et repartit. Les sages de retour s'aperçurent du changement. Que pouvaient-ils faire ? Rayer les caractères eût démontré leur négligence. Mais ils pouvaient aussi transiger en altérant d'autres caractères.
C'est ainsi que le jeune homme se trouva doté de cinquante années de vie supplémentaires. »

Que ce livre puisse combler plus que votre curiosité, mais vous ouvrir une brèche dans la Voie.

LES CLEFS DE VOTRE

PERSONNALITE

你的性格之重點

Affaires : 事業 Il est d'usage en Chine de se présenter par son animal emblématique. Ceux qui traitent avec un Sanglier savent qu'ils ont affaire à un être honnête, loyal, qui refuse les coups bas et qui, d'ailleurs, ne les connaît pas. Sa parole vaut de l'or, et lorsqu'il dit oui, c'est comme si un contrat était déjà signé car il ne revient jamais sur une décision. Sa voix calme et ferme sait convaincre, et ses actes probes donnent confiance. Il mettra cependant du temps avant de se décider, car il a besoin de recul pour synthétiser les propositions. Mais il lui est parfois difficile de percer tant est grande sa naïveté. Il est persuadé que la bassesse n'existe pas en ce monde, et ses interlocuteurs savent souvent profiter de sa loyauté, en lui posant des cas de conscience où son âme charitable lui joue des tours...

Ambition : 野心 S'il privilégie souvent son foyer à sa vie professionnelle, il n'en est pas moins ambitieux ! Il mêle étroitement idéal et ambition. S'il a besoin d'un bon équilibre professionnel pour s'épanouir, ses ambitions seront durement mises à l'épreuve car il fuit les compétitions où tous les coups sont permis. Mais sa naïveté est compensée par une volonté farouche, son obstination et son indépendance d'esprit qui ne s'attachent à aucun mandarinat. Et si une grosse tempête se lève, il se forcera à devenir redoutable et déjouera tous les obstacles... pourvu que le but soit assez élevé pour qu'il ait envie de se mettre ainsi en cause.

Amitié : 友情 « Un jardinier soignait ses pommiers comme des membres de sa famille. Il avait le don de leur parler et de les comprendre. Un jour, l'un d'eux contracta une maladie et ne donna plus de pommes. Le jardinier dut élaguer l'arbre qui se plaignit : ''je te croyais mon ami, et tu me fais souffrir, toi qui entends ma souffrance''. En larmes, le jardinier lui répondit : ''Pommier, c'est par respect que je coupe tes branches. Je soignerai la terre qui te nourrit. Mais je suis jardinier et tu es pommier ; et un pommier doit refleurir à temps. Je ne t'oublierai pas si tu meurs, mais je t'aurai aidé à ne peut-être pas mourir''. Et le jardinier veillait son pommier jours et nuits... »

Ainsi en est-il de la conception de l'amitié du Sanglier. Loyal, franc, il sait communiquer. Mais il pense qu'il est de son devoir d'être toujours franc, quitte à blesser. Il ne serait pas digne d'amitié sans cela. Si ses propos sont parfois durs, il pleure aussi d'avoir à les prononcer, et tentera tout ce qui est de son possible pour réconforter et aider. Sa fidélité est légendaire, et il n'a pas besoin que les élus de son entourage se rappellent constamment à lui. Après des années de silence, il retrouvera un vieil ami comme s'il l'avait quitté la veille. Son manque total de rancune est exemplaire, et, hélas, nombreux sont ceux qui profitent de sa bonté pour piller son avoir sans scrupules.

Amour : « L'amour seul fait jaillir des pierres « La source pure de l'élévation de l'âme. »

愛情

Le Sanglier choisira avec minutie l'élu(e) de son cœur. Une fois son choix fait, il ne se perdra pas en détours interminables, et se déclarera avec simplicité. Son obstination délicate lui fait en général avoir gain de cause. Il demande que ses qualités soient reconnues, sans ostentation, et exige une loyauté totale de la part de celui auquel il consacrera toute sa vie et son énergie. Facile à vivre, gai, sensuel et responsable, il entourera l'être aimé dans toutes les circonstances de l'existence sans jamais faillir. On peut tout demander à un partenaire Sanglier

tant qu'on ne lui ment pas. Il n'attend que de la fidélité en retour, est prêt à tout pardonner et il ne comptabilisera pas ce qu'il offre tant cela lui est naturel. C'est un compagnon idéal, doux et tendre, qui sait créer l'harmonie dans un couple qu'il rend indissociable à vie. Mais il ne supporte pas les ruptures qui le laissent totalement sans défenses, car il joue toute sa vie sur un seul être.

Argent : Dans la tradition chinoise, le Sanglier représente la prospérité familiale et est un signe de richesse. En fait, il a besoin d'argent pour pouvoir offrir des cadeaux fastueux, et il sait parfaitement bien en gagner beaucoup car il est habile. Mais il ne sait pas le garder, détestant thésauriser. Sa gentillesse naturelle le pousse à offrir ce qu'il possède, et de nombreux Sanglier se font ainsi berner par des êtres sans scrupules qui profitent de son argent pour disparaître lorsqu'il n'a même plus de quoi acheter un bol de riz. Et comme il pense que tous les êtres sont bons de nature, il trouvera encore le moyen de penser qu'ils ont eu raison de le mettre au rang d'un pauvre pêcheur... qu'il ne reste pas longtemps... jusqu'à la prochaine ruine ! L'argent ne symbolise pas le pouvoir, pour lui, mais le confort pour lui et ceux qu'il aime. Il est si facile de gruger un Sanglier que même les voleurs les plus fangeux en éprouvent du remords !

金
錢

Aventure : Le Sanglier n'a pas une passion pour l'aventure. il faut qu'un idéal important le pousse à sortir de sa tanière et là, il ne verra pas les dangers, tout entier consacré au but humanitaire qu'il s'est fixé.

奇遇

Il aime trop l'ordre établi pour supporter les surprises que réserve l'aventure, et sa méfiance naturelle l'en écarte. Il n'aime pas forcer le destin et ne marche que sur les sentiers déjà tracés. Mais, persuadé malgré tout de l'harmonie régnant en ce monde, il se trouve parfois, par crédulité, plongé dans des aventures dont il se retrouve le principal acteur... bien malgré lui !

Bonheur : « Le bonheur peut être le fruit de l'amandier :

快樂

« Certains ne le verront pas et nieront son existence.
« D'autres le verront, mais ne penseront pas à briser sa coque,
« D'autres encore attendront que les vers en aient mangé l'amande,
« Seuls, certains, cueilleront l'amande, briseront la coque,
« Et remercieront les Dieux du lait de l'amande douce... »

Le Sanglier est fait pour le bonheur. Un bonheur simple, accessible à tous, mais que peu savent apprécier. Il ne cherche pas la gloire, ne rêve pas d'impossible ; son bonheur est tranquille comme une rivière qui suit son lit.

魅力

Charme : Sous ses airs solitaires et parfois rudes, il possède un charme dû à sa sensualité débordante.
Il n'en a aucune conscience et préfère qu'on apprécie ses qualités morales. Et pourtant...

旅伴

Compagnon de voyage : Puisque vous êtes Sanglier en apparence, découvrez dans ces lignes cet autre vous-même avec lequel vous avez à faire le long chemin de la vie, et que vous gardez secrètement enfoui aux regards des autres.

鼠

Sanglier/Rat : Le Rat donne au Sanglier des armes pour se défendre contre sa bienveillance naïve. Il lui fera détecter le vrai du faux, et l'aidera ainsi à ne pas se laisser abuser. Bien au contraire, il lui donnera le goût du pouvoir et des finances. Ce Sanglier sera plus malicieux que les autres, mais son obstination liée à la rapidité du Rat le rendent parfois excessif.

牛

Sanglier/Buffle : Le Buffle offre sa solidité au Sanglier et tempère son goût de faste en le rendant plus économe. Léger et gentil en apparence, ce natif sera très lent à émouvoir, et prendra le temps de la réflexion. Loyal, d'une honnêteté à toute épreuve, le Sanglier sera plus diplomate qu'à l'accoutumée ; mais il sera surtout heureux hors des villes tumultueuses.

虎 **Sanglier/Tigre :** Le Tigre met le feu de la passion dans la sensualité du Sanglier, que ce soit dans le domaine des amours ou dans celui des affaires et des idées pures. Ce Sanglier passionné sera submergé d'émotions qu'il ne pourra endiguer. Mais il apprend à se défendre, parfois même à attaquer s'il sent que la proie peut détruire l'harmonie qu'il désire. C'est un être à l'enthousiasme communicatif !

兔 **Sanglier/Lièvre :** Le Lièvre viendra caresser voluptueusement le goût de la paresse et du laxe chez le Sanglier. Il lui apprend aussi que pour vivre ainsi, il faut être sagace et ne jamais donner sans attendre en retour. Le Sanglier ne l'écoute qu'à moitié, souvent culpabilisé par ce séduisant compagnon dangereux pour sa conscience. Mais il ne peut s'empêcher de voir le monde plus lucidement.

龍 **Sanglier/Dragon :** Le Dragon arrive avec sa force, son faste et ses idéaux gigantesques. Le Sanglier est intimidé mais séduit et verra ses rêves timides prendre de l'ampleur avec son compagnon de voyage. Il essaiera de lui faire mettre sa démesure au service de ce qui l'intéresse le plus : le domaine des sentiments. Et ce natif, lorsqu'il tombe amoureux, tentera de faire de ses rêves la plus noble réalité !

蛇 **Sanglier/Serpent :** Le Serpent trouve le Sanglier trop naïf et lui fait vite comprendre la portée des intérêts mis en jeu ! Le Sanglier, au cœur tendre et instinctif, aura du mal à écouter ce compagnon intéressé, mais comprendra vite comment en tirer parti ! Il mettra la morale aux oubliettes, arguant que la passion permet tout, et, sous son air bonasse, il pensera à mieux vous croquer !

馬 **Sanglier/Cheval :** Le Cheval veut être flatté, reconnu, et que surtout nul ne vienne accaparer sa sacro-sainte liberté ! Le Sanglier trouve ici un excellent compagnon pour mettre en avant sa sensualité. Mais le Cheval lui souffle à l'oreille que tout mérite doit être reconnu, et ce Sanglier fougueux et téméraire n'oubliera jamais de réclamer la palme pour la faire admirer des autres !

羊 **Sanglier/Chèvre :** Qu'il lui est difficile de trouver le temps pour donner à tout le monde ! Sa crédulité en fait un personnage pittoresque qui croit tout ce qu'on lui dit et passe ensuite des heures à essayer de comprendre pourquoi on l'a berné. Pas par manque d'intelligence, loin de là, mais parce qu'il s'attache tellement au beau qu'il ne veut pas voir le laid.
Heureusement que l'argent ne lui manque pas...

猴 **Sanglier/Singe :** Tous deux ont bon cœur et ont besoin de tendresse à donner et à recevoir. Mais le Singe, plus malin, démontre au Sanglier qu'il peut savoir bien donner sans se faire exploiter, et même, accéder au pouvoir sans gêner les autres.
Le Sanglier sait très bien où il pose ses sabots, et apprend à défendre ses biens et ses capacités, même si sa lucidité le fait parfois souffrir...

雞 **Sanglier/Coq :** Le Coq veut faire du Sanglier un guerrier prêt à tout instant à défendre le monde entier des méchants de toute sorte ! Pour contenter ce compagnon, le Sanglier laisse à regret les sentiers battus pour s'engager dans des aventures – souvent utopistes – et se mettre en valeur. Il se servira de sa ténacité pour mener à bien des entreprises totalement excentriques mais humanitaires.

狗 **Sanglier/Chien :** Le Chien apporte une note de pessimisme au Sanglier qui réagit par l'action. Ce natif aura une vision concrète du monde et assurera ses arrières en sachant s'entourer d'amis fidèles, comme lui.
Il a besoin d'une voie tracée, sans surprises ; il a le mensonge en horreur et lorsqu'il donne sa parole, il ne la reprend jamais. Et puis, avec ses yeux battus, il a tant de charme...

猪 **Sanglier/Sanglier :** Il n'a que le miroir de lui-même pour faire sa route, sans autre aide que ses richesses extérieures. Heureusement, elles sont nombreuses, mais à l'image de certaines commodes chinoises, se cachent dans d'innombrables tiroirs secrets. C'est un natif à l'âme pure, élevée, qui vit souvent en solitaire, ne se fiant qu'à son instinct pour le guider dans la Voie de l'harmonie...

Conflit : « Dans l'inaltérable harmonie des mondes

纠纷

« L'ignorance sème le conflit, la haine et la peur... »

Le Sanglier abhorre les conflits. Pacifique par philosophie, il croit sincèrement que par la compréhension, on peut guérir tous les maux de la terre. Il cherchera les paroles justes qui calment les esprits, mais, obstiné, il peut pêcher par excès moralisateur et s'attirer les foudres de ceux qui jouent avec les vocables. Et si sa famille est en danger, il n'hésitera pas à se servir de la force, en s'excusant après, d'avoir porté un coup trop fort...

Conseil : Le Sanglier est un être réfléchi. Il aime donner des conseils lorsqu'ils peuvent être utiles à ceux qu'il aime. Sa franchise intellectuelle fait de lui quelqu'un que l'on écoute, même s'il met l'âme de son interlocuteur à nu. Il aime conseiller car c'est un moyen de

劝告

communiquer ce qu'il ressent de la place que chacun doit tenir en ce monde. Il sera triste lorsque certains seront blessés dans leur fierté car, pour lui, un conseil est toujours une preuve d'intérêt et d'amitié. Et puis, il aime tellement materner et se dévouer aux autres... Mais il prendra toujours ses décisions seul !

Conte : Le Sanglier était en Chine l'emblème des Miao, représentants d'une forme ancienne de la tradition chinoise. Le Sanglier représentait le spirituel traqué par le temporel. Ainsi, Yi l'Ardur, le guerrier, le capturait ou l'expulsait.

故事

C'est que cet animal a une double figure, symbolisant à la fois le courage et l'intelligence, et, au centre de la Roue de l'Existence Bouddhique, il prend la forme noire des ignorances et de la passion. Il peut donc aussi être un porc sauvage, débauché et brutal.

Populairement, un Sanglier dans une maison symbolise la famille et la prospérité, à condition de l'avoir acheté (asservi). Mais si un porc sauvage entre dans une maison, le présage sera la destruction ou l'appauvrissement. L'intelligence asservie peut être prospère, l'intelligence débridée devient signe de débauche morale...

Rêver d'un Sanglier, dans certaines contrées, est un grand présage d'abondance matérielle.

Courage : S'il peut avoir le courage d'un guerrier (les Japonais donnent à leur dieu de la Guerre, Usa-Hachiman, les traits d'un Sanglier), il n'aime pas avoir à en faire un usage belliqueux. Il possède un courage bien plus grand, celui de dire sincèrement ce qu'il pense, et d'agir toujours en conséquence.

勇氣

Cuisine : Le Sanglier prie chaque jour devant le tabernacle de Tsao-Kiun, le seigneur du Foyer et des Interdits Alimentaires. Mais il ne peut, malgré son obstination, se réprimer en matière culinaire. Il aime trop la bonne chair, et en abusera, tout fin cuisinier qu'il est. La cuisine reste pour lui le symbole de la réunion familiale, le moyen de veiller avec douceur sur ses enfants. Son organisme proteste avec vigueur, et le Sanglier devra souvent faire de longs régimes pour le purifier. Car si l'on aime nourrir un Sanglier... c'est souvent pour mieux le manger !

烹飪

Défauts : Que le Sanglier accepte avec humilité les vérités énoncées ci-après, car il est : naïf, méfiant, peu psychologue, tâtillon, désarmé, émotif, terre à terre, sans retenue sexuelle.

缺點

Eléments-Hsing : Pour affiner votre portrait il convient de compter avec l'agent stable de votre compagnon de voyage que vous trouverez dans l'introduction du présent volume.

成分

木 **Le bois :** L'organe, en médecine chinoise, qui lui est associé est le foie, sa saison le printemps, son point cardinal l'est, sa planète Jupiter, son chiffre le 8, sa couleur le vert. C'est le règne de la force créatrice.

Sanglier/bois (1875-1935-1995) : C'est un Sanglier cousu d'or. Il a une grande facilité à gérer les biens qu'on lui confie et sait convaincre par sa parole. Mais il est aussi trop prodigue et ne choisit pas toujours bien ses amis qui sont intéressés. Son goût pour la sexualité peut le conduire à la débauche, et son grand cœur le rend souvent faible envers la tradition.

火 **Le feu :** L'organe, en médecine chinoise, qui lui est associé est le cœur, sa saison l'été, son point cardinal le sud, sa planète Mars, son chiffre le 7, sa couleur le rouge. C'est le règne du succès et de la passion.

Sanglier/feu (1887-1947-2007) : C'est un Sanglier sensuel et aventurier. Il est difficile pour un Sanglier d'avoir un tel élément, car il le pousse vers des extrêmes que le Sanglier réprouve. Il lui faut du courage pour être à la hauteur de sa destinée et ne pas tomber dans les pièges de la réussite trop rapide. Il protègera fougueusement les siens, mais la passion le pousse à la luxure.

土 **La terre :** Les organes, en médecine chinoise, qui lui sont associés sont la rate et le pancréas, sa saison l'été au moment de la canicule, son point cardinal tous ou le centre, car la terre contient en elle tous les autres éléments, sa planète Saturne, son chiffre le 5, sa couleur le jaune. C'est le règne de l'équilibre et du mûrissement des idées.

Sanglier/terre (1899-1959-2019) : C'est un Sanglier stable et sage. Ce natif, doué d'une grande volonté, mettra toute son énergie au service d'une vie dans une voie simple et paisible. Il sait trouver le bonheur et ne craint pas de se le forger. Les pires tempêtes n'auront pas raison de sa détermination à se construire une vie sur mesure. Loyal et fidèle, il aura un foyer heureux et tout-à-fait harmonieux.

金 **Le métal :** Les organes, en médecine chinoise, qui lui sont associés sont les poumons, sa saison l'automne, son point cardinal l'ouest, sa planète Vénus (ici, l'astre de la rigueur et de l'autorité), son chiffre le 9, sa couleur le blanc. C'est le règne de la fermeté et de la justice.

Sanglier/métal (1911-1971-2031) : C'est un Sanglier faste et confiant. D'une très grande robustesse, parfois agressif, il a besoin de s'élever dans la Voix humaine et d'en tirer honneur et richesse. Parfois au bord du gouffre, il se redresse avec le sourire, confiant en la clémence des Dieux. Mais s'il sait réussir, son manque de discernement envers les qualités de son entourage lui est un réel handicap, car il n'admet pas sa naïveté.

水 **L'eau :** Les organes, en médecine chinoise, qui lui sont associés sont les reins, sa saison l'hiver, son point cardinal le nord, sa planète Mercure, son chiffre le 6, sa couleur le noir. C'est le règne du calme caractérisé par l'absence de passion (l'eau, en Chine, étant liée à l'hiver, symbolise plus la glace que la vie comme en Occident).

Sanglier/eau (1863-1923-1983) : C'est un Sanglier lucide et diplomate. Son extrême lucidité lui permet de ne pas se laisser berner, et de devenir un homme d'affaires très avisé. Il sera prudent, lent dans ses décisions, et aura un sens inné du contact humain. Très confiant en ses possibilités, il prend sa famille sous sa protection. Il ne déteste pas les mondanités et a une grande estime pour l'humanité entière.

Enfance : « L'enfant découvre dans chaque
童年
épi de seigle
« Les moissons futures du monde qu'il
verra naître... »

Le sanglier est un enfant calme, docile,

serviable. Il chérit ses aînés et croit en leur parole. S'ils viennent à y manquer, sa tristesse sera profonde, mais c'est en lui-même qu'il cherchera la défaillance qu'il ne veut imputer à ses parents. Crédule, il croit tout ce qu'on lui dit, même si de mauvais plaisants se moquent de sa naïveté ; ainsi, il apprend la méfiance. Il a besoin, pour s'épanouir, d'un climat familial directif et chaleureux, et ne supporte aucun mensonge. S'il commet une faute, il estime qu'il doit le faire savoir pour mieux la réparer. Tolérant, il acceptera les remarques sans se rebeller, mais fera ses choix seul. Responsable, il s'occupera diligemment de ses frères et sœurs comme de ses propres enfants. Il manque un peu d'humour, à moins qu'il ne se sente en parfaite confiance, en petit comité ; là, il pourra modestement faire l'étalage de ses dons souvent insoupçonnés.

Ennemis : Il n'a d'autre ennemi que le mensonge. Mais son franc-parler lui vaut des inimitiés qui le peinent, car il estime de son devoir de tout dire. Comme il ne cherche pas à briller, il aura peu d'ennemis, réussissant à maintenir ordre et harmonie autour de lui. Il n'a pas vraiment d'ennemis ; seulement des individus qui l'ignorent, ne percevant pas ses qualités sous son humilité. Il se veut l'ennemi du mal, mais ne sait pas toujours, par tolérance, le discerner.

敵人

Famille : Le Sanglier ne s'épanouit pas sans elle. Il restera fidèle à ses aînés, leur trouvant mille qualités, et se dépêchera de créer lui-même un foyer stable et heureux. Il sera un parent à la fois tâtillon et respectueux des traditions qu'il veut transmettre, et d'une telle tolérance dans sa confiance en la nature de ses enfants, que ceux-ci pourront cumuler les bêtises sans qu'il ait le cœur de vraiment se fâcher. C'est un parent adoré de ses enfants et un mari ou une femme attentionné(e), romantique et délicat(e). Sa famille resplendit de quiétude et de quotidien serein. Il la fait passer bien au-dessus de sa vie professionnelle, parfois à ses dépens. Mais c'est un choix qu'il ne regrette jamais, ne désirant pas ressentir le vertige des hauteurs...

家庭

Fantaisie : Sous son air loyal et intègre, on pourrait le croire à tort sans fantaisie. C'est uniquement que sa pudeur naturelle l'empêche de la débrider aux yeux de tous. Mais s'il est en petit comité, il se transforme en bouffon d'une drôlerie inattendue ; il sait rire de lui-même, et son sens de l'observation lui confine un humour insoupçonnable. Mais, en général, il préfère la tranquillité sereine qu'offre un point de vue traditionnaliste.

興緻

Fidélité : Lorsqu'il aura jeté son dévolu sur l'être qui saura respecter son besoin de solitude et sa sexualité puissante, il sera

忠

貞

d'une fidélité absolue. Il peut supporter un compagnon ou un ami à l'humeur maussade sans se plaindre, lui trouvant sans cesse de nouvelles excuses. En amitié, sa fidélité est exemplaire. Il ne comprend pas les ruptures qui le blesseront à vie.

Force : « La plus grande force est la noblesse du cœur
« Celui qui le sait, baisse les armes, et contemple
« Sans crainte son pire ennemi... »

力量

Le Sanglier est fort de nature. Mais sa force morale faite de droiture et d'intégrité reste sa principale richesse. Car à l'inverse, sa crédulité et sa gentillesse le font passer pour faible, là où il met sa force de caractère à tenter de comprendre l'âme humaine plus tortueuse qu'il ne le pense !

Gourmandise : Cet épicurien aime tout ce que les Dieux ont placé sur cette terre pour satisfaire son palais et sa sensualité. Il ira jusqu'à l'excès, ne sachant pas toujours s'arrêter à temps, et sera alors à l'image du porc, mais un porc ne mangeant que de bonnes truffes !

美食

Honneur : Il ne recherche pas les honneurs, et sera flatté et surpris s'ils viennent à lui. Mais il possède un grand sens de l'honneur dans le respect de la dignité humaine, et il tente de ne jamais y déro-

榮譽

ger. Il ne supporte pas que l'on puisse mettre en doute ses qualités morales, risquant même parfois de les perdre en se défendant... vigoureusement !

Hospitalité : « Que ceux qui entrent dans ta demeure

接待

« Trouvent la paix du cœur, et celle de l'âme
« De quoi nourrir sa pensée autant que son corps
« Et des silences emplis de liberté et de compréhension... »
A croire que ces mots ont été écrits pour le Sanglier.
Il préfère les petites réunions aux fastes plus cérémonieux, mais peut recevoir merveilleusement dans les deux cas. Sa porte garde une lanterne toujours allumée pour les voyageurs égarés, et il n'aime que les discussions calmes où l'intelligence du cœur peut enfin avoir la parole.
Mais sa grande hospitalité peut le conduire à des excès qui verraient son foyer envahi par des pillards sans scrupules. S'il en est triste, il gardera un sourire constructif, et repartira à nouveau de rien, souhaitant presque que ces trouble-fêtes aient trouvé de quoi rassasier leur appétit vorace.
En les avisant sur le chemin, il leur sourira encore avec bienveillance. Est-ce de la faiblesse ou de la tolérance ? Plutôt de la tolérance...

Idéal : « Lorsque chaque être humain plantera
« La seule graine de bonté qu'il détient en son cœur,
« La moisson terrestre fera le pain du banquet
« Des hommes et des Dieux enfin rassemblés... »

理想的

Le Sanglier croit profondément en la vertu de la nature humaine. Il n'a d'autre idéal que de l'aider de son mieux à s'épanouir, en ayant, comme lui, le goût du bonheur simple qu'il voudrait partager. Son idéal n'est pas personnel, il veut le voir s'étendre à tous.

Imagination : Le Sanglier ne rêve pas ; il a une foi inébranlable en ses idéaux. Ils sont le moteur le plus puissant de son imaginaire. Mais il peut aussi être très créatif, son côté secret et introverti yin lui donnant l'espace nécessaire pour que les fleurs de ses pensées puissent éclore et, qu'en bon jardinier, il sache les faire pousser. Il mettra souvent son imagination au service de ceux qu'il aime, par des attentions délicates et personnalisées, ou par des contes merveilleux pour endormir ses petits marcassins turbulents et avides d'évasion. Mais ces contes auront toujours une fin très morale !

幻想

Intelligence : « Qu'est-ce qu'un homme intelligent ?
« Demanda le maître.
« Un érudit, répondit l'élève.

智

慧

« Pas seulement, dit le maître.
« Alors un homme bon, répondit l'élève.
« Pas seulement, dit le maître.
« Seuls certains hommes bons et érudits
« Savent mettre du Silence dans la Voie
« Pour écouter battre le cœur de l'harmonie infinie...
« Où les trouve-t-on ? demanda l'élève.
« Partout où l'on ne les voit pas, répondit le maître,
« Car seule cette intelligence est banale comme le bonheur... »

A cette image, le Sanglier aimera se cultiver dans les lectures, les feuillettera dans le silence de son cœur, puis regardera le monde avec un œil neuf, tranquille, pour mettre un exceptionnel invisible dans sa vie en apparence routinière.

Jalousie : Joué par beaucoup, le Sanglier a appris la méfiance.

嫉妒

Si sa compagne ou son compagnon, par pure malice, joue à dissimuler ses sentiments et fait preuve de coquetterie, sa jalousie peut dévorer leur couple, et il deviendra alors un porc débauché et dangereux, car il aura oublié jusqu'à sa propre dignité. Mais il faut beaucoup d'art et de méchanceté pour transformer ainsi un tel compagnon. Quant à la jalousie matérielle, le Sanglier n'y songe même pas, sachant qu'aucune vie ne peut être comparable. Il n'est pas prudent de repousser un Sanglier que l'on a adopté.

Légende : Le Seigneur Bouddha se préparant à quitter la terre invita tous les animaux à lui faire leurs adieux. Seuls 12 animaux répondirent à cet appel. En remerciement, Bouddha décida d'attribuer à chaque année du cycle lunaire le nom de ces animaux reconnaissants. Le Sanglier ayant été le dernier à se présenter, il marque donc la douzième année lunaire.

傳奇

Mariage : Le Sanglier respecte profondément l'institution du mariage et serait malheureux, malgré les modes, de vivre en dehors de ce lien. Il attend avant tout que son compagnon accepte son besoin de solitude sans en prendre ombrage, car il sait aussi être dévoué, câlin, sensuel et attentif. Le mariage lui donne l'impression de bâtir concrètement sa vie, qu'il n'envisage pas sans créer de famille aux liens très serrés. Il ne cachera pas son affection en public, et sera extrêmement possessif et... souvent possédé !

婚姻

Orgueil : « L'humilité peut être l'orgueil du sage
« Comme la ruse du ladre... »
Le Sanglier est souvent trop humble. Il veut sans cesse se perfectionner davantage et risque ainsi de passer inaperçu. Pourtant, il tire un juste orgueil de son travail méticuleusement fait... et de sa famille qui représente l'image même de sa réussite morale.

自尊

Paresse : Si le Sanglier n'est pas paresseux, c'est à force de vertu. Il sait que de son obstination et de sa réflexion naîtra son équilibre qui l'entraînera loin de sa face obscure qui peut le pousser à la luxure par épicurisme. Mais il aime tant les plaisirs que parfois la tentation est grande. Il se jettera alors à corps perdu dans le travail, maudissant ces instants de faiblesse qu'il déteste sentir en lui.

安逸

Parfum : Capiteux, sensuel, mais traditionnel. Il sera très fleuri, avec des fragrances à peine boisées.

香

Passion : Le Sanglier se sait passionné. Il passera sa vie à tenter (et souvent à réussir) d'endiguer ses passions dans des cadres que la morale approuve. Il la mettra au service de sa famille et de ses idéaux. Mais il sait que le porc existe en lui et, si d'aventure il ne surmontait pas les obstacles de son destin, il laisserait craquer la digue de ses passions, devenant dans l'extrême un être débauché et lubrique. La peur de cette faculté qu'il sent en lui le fait culpabiliser au moindre signe avant coureur, et il recherchera la solitude apaisante dans la campagne et son harmonie.

愛好

Profession : Les qualités du Sanglier lui ouvrent les portes de toutes les professions. Il y travaillera avec patience, intelligence et ténacité, et son don d'obser-

职

業

vation et de contact humain lui sont très favorables. Il est souvent dommage qu'il n'ait pas plus d'ambition personnelle, mais il se contente de ce qu'il a. Étant un signe faste, il ne manquera pas d'argent.

Mais il déteste les compromissions. S'il réussit, ce sera avec une honnêteté exemplaire, car il est trop indépendant pour se soumettre aux exigences du pouvoir.

Prudence : Sa méfiance le rend excessivement prudent. Mais s'il entend un appel au secours, il oubliera toute mesure pour y répondre avec diligence. Il pense sincèrement que la prudence est la vertu de celui qui ne désire pas créer le désordre par ignorance.

謹慎

Qualités : Que le Sanglier lise ces quelques vérités et se sente conforté dans la voie qu'il a choisie, car il est : loyal, pacifique, indulgent, fidèle, aimant, cultivé, sensible, sensuel et consciencieux.

長

Raffinement : Le Sanglier aime le confort. S'il peut se contenter de fonctionnel, il aura toujours besoin d'une note raffinée dans son décor comme dans ses vêtements.

Esthète, le beau le rend heureux de vivre. Sa timidité l'empêche de montrer un goût trop ostentatoire, mais il sera sûr, et empreint de discrétion.

講究

Rancune : 仇恨 Le Sanglier a cela de remarquable, de n'être pas rancunier. Sa tolérance lui fait pardonner les coups bas des autres sans se plaindre, car il saura prendre sa part de responsabilité.

Réputation : 名譽 Le Sanglier veut être un parangon de vertu morale et domestique. Et il a un énorme besoin que son entourage lui renvoie un tel reflet de lui-même. Il ne tolère pas que ses qualités soient mises en défaut et peut même en tomber malade. Ce n'est pas l'opinion d'autrui, c'est l'idée qu'il se fait de lui-même à travers les autres.

Responsabilité : 責任感 On peut tout confier à un natif du Sanglier. Mais il a un tel sens du devoir qu'il ne dormira pas d'une lune à l'autre pour que sa tâche soit accomplie. Inquiet de nature, il prend ses responsabilités tellement à cœur qu'il a peur – sans raisons – de ne jamais être à la hauteur. Dommage, car c'est un être remarquable de confiance.

Ruse : 詭詐 « L'homme rusé se montrera sur le chemin de la Voie
« L'homme qui suit la Voie ne connaîtra pas la ruse
« Le sage déjoue les ruses de la Voie... »
Le Sanglier appartient à la seconde catégorie, et son manque de malice lui joue de bien mauvais tours. Car la ruse lui est une arme inconnue.

Sacrifice : Pour ceux qu'il aime ou pour ses convictions, le Sanglier pourtant très prudent, sera capable de tout sacrifier, même sa vie.

犧

Santé : Il est généralement d'excellente constitution, mais lorsqu'il tombe dans les excès du vice, les plaisirs de la table et de la chair le rendent très vulnérable. Il devra se méfier des excès de la table qui lui sont très nocifs.

健康

Secrets : Le Sanglier n'aime pas se donner en spectacle, et sera d'une nature réservée en public. Il est une oreille gardienne parfaite pour ceux qui ont besoin de déverser leur trop plein de misère. Par contre, avec ses amis, l'alcool de riz aidant, il peut devenir le meneur d'une soirée, se dévoilant totalement, et avec un humeur qui ne lui est pas coutumier.

秘密

Séduction : S'il ne va pas par quatre chemins pour séduire celle qu'il aura choisie, sa grande sensualité demande que l'élue soit toujours prête à le séduire pour renouveler les fantasmes érotiques qui jalonnent son esprit. Il faut sans cesse lui dire qu'il est beau, séduisant et sensuel, et, dans l'intimité, il devient le séducteur que tous rêveraient d'avoir près de soi. S'il penche du côté du porc, il ne pourra s'empêcher de séduire à tous vents, jusqu'à en perdre parfois sa personnalité, tant il sera pris par le jeu !

誘惑力

Sexualité : 性欲 Dans le Tao, il est clairement énoncé que l'homme doit pratiquer le coït toute sa vie en économisant son sperme. En faisant jouir la femme et en harmonisant leurs souffles, le couple augmentera sa puissance et sa longévité.
L'homme du Sanglier, bien que très fortement sexué, est yin (puissance féminine).
Si cela lui confère la patience et la sensualité des préliminaires indispensables à la femme, il aura du mal à laisser sortir l'énergie yang (puissance masculine) que sa délicatesse peut trouver trop brutale. Sa compagne devra l'aider en ce sens, en lui montrant qu'elle peut en tirer plaisir.
La femme du Sanglier sera, dans le zodiaque chinois, l'une des plus aptes à être un maître de l'érotisme selon le Tao, tant sa sensualité et son intuition du partenaire est grande.
L'un et l'autre devront se méfier de leur tendance porc qui les incite à la débauche, l'homme perdant sa semence, la femme n'assouvissant jamais ses trop fortes pulsions.
Ils ont tout pour devenir des maîtres du Tao érotique.

Timidité : 羞 Elle joue bien des tours au natif, car elle l'empêche de savoir dire non ou oui avec discernement. S'il a confiance en ses capacités, il se sous-estime trop souvent.

Tradition : Le Sanglier est très respectueux des traditions. Selon lui, elles sont le garant de l'harmonie morale, l'héritage sacré des anciens. Il fera tout pour pouvoir s'y conformer.

習

Union entre les signes : Afin de mieux connaître les affinités entre les signes, voici un petit guide des relations entre les animaux. Il est souhaitable, lorsque c'est possible, de jouer sur toutes les combinaisons en y ajoutant les compagnons de voyage. Car si les signes apparents sont en disharmonie, il se pourrait que les compagnons de voyage s'entendent pour le mieux.

与其它生

鼠

Sanglier/Rat : Un superbe duo d'optimisme et de plaisir. Ils s'attirent comme le jasmin et l'abeille. Le Sanglier adore ce compagnon si spirituel et vivifiant, et le Rat se sent cajolé et enfin compris dans ses désirs. Mais à grands coups d'idéaux, le Rat risque d'entraîner le Sanglier sur une pente dangereuse que ni l'un ni l'autre ne sauront bien remonter... malgré leur ténacité !

牛

Sanglier/Buffle : Tous deux pacifiques, patients, honnêtes, ils ont de grandes chances de former un couple harmonieux s'ils n'accentuent pas leurs différences. Le Sanglier voudrait montrer au Buffle l'aspect ludique de la vie, le forcer à se reposer un peu. Le Buffle vou-

drait voir le Sanglier se préoccuper plus du quotidien et se responsabiliser. Mais leur confiance mutuelle durera.

虎 **Sanglier/Tigre :** Tout d'abord, c'est leur sensualité qui les rapproche. Puis, le Tigre s'apercevra que ses idéaux trouvent un écho favorable et même enthousiaste chez le Sanglier et il se sentira stimulé. Tous deux solitaires, ils feront une belle route ensemble, faite d'estime réciproque. Et le Sanglier sera heureux d'aider le Tigre dans les détails de la vie pratique.

兔 **Sanglier/Lièvre :** Une superbe alliance ! Ils peuvent beaucoup s'apporter et n'y manquent pas. Le Sanglier aime la réserve discrète du Lièvre et l'aide à mieux se responsabiliser. Le Lièvre, pour sa part, démontre patiemment au Sanglier qu'il est simple d'apprendre à ne pas se laisser berner tout en restant tolérant. Ensemble, dans la tendresse et la discrétion élégante, ils seront au mieux de leurs moyens.

龍 **Sanglier/Dragon :** Le Dragon et le Sanglier n'en reviennent pas de leur bonheur de s'être rencontrés. Ils sont faits l'un pour l'autre... même si le Sanglier en fait beaucoup pour le Dragon. Mais il représente tellement l'idéal qu'il recherche qu'il peut passer sa vie à se dévouer corps et âme pour son impérial compagnon. Le Dragon et lui ont le même élan romantique, loin des ruptures.

蛇 **Sanglier/Serpent :** Le Serpent envoûte littéralement le Sanglier par son raffinement et sa sensualité. Mais si le Serpent est heureux de se sentir ainsi adulé et servi, le Sanglier se rendra compte que son compagnon abuse de sa crédulité. Il ne peut arriver à le comprendre dans ses méandres, et le Serpent ne peut lui apporter l'affection dont le Sanglier a besoin pour vivre.

馬 **Sanglier/Cheval :** Le Cheval adore ce Sanglier qui sait si bien flatter ses sens et lui laisse une totale liberté. Mais peu à peu, comme avec le Serpent, le Sanglier en aura assez de l'égoïsme égocentrique du Cheval qui ne comprend rien à la tolérance du Sanglier. Le Cheval lui refusera alors sa présence, et le Sanglier se sentira encore abusé.

羊 **Sanglier/Chèvre :** Une union très bénéfique. L'ennui n'existe pas pour eux tant est grande leur complémentarité. Le Sanglier est fasciné par l'amour du beau que possède la Chèvre, et ne se lasse pas de sa capacité à faire de sa tanière un palais de raffinement où ils pourront recevoir leurs amis avec faste. La Chèvre est comblée dans son besoin de protection tendre.

猴 **Sanglier/Singe :** Le Sanglier ne veut voir que des qualités dans ce Singe si brillant, et le Singe est subjugué par une telle honnêteté dévouée. Tous deux arrivent à la sagesse par des voies différentes. Il faut espérer que le Singe n'aura pas peur de cette ténacité silencieuse, et ne profitera pas de sa naïveté pour le dépouiller de ses biens.

雞 **Sanglier/Coq :** Le Sanglier est peut-être le seul natif à comprendre le Coq et à rire de ses fanfaronnades sans moquerie. Car ils sont tous deux profondément gentils et honnêtes. Le Coq aidera le Sanglier à ne pas se laisser duper et sera le vigile du couple. Le Sanglier démontrera au Coq qu'il n'a pas besoin de chanter fort pour être entendu par ceux qui doivent entendre.

狗 **Sanglier/Chien :** Un couple harmonieux en famille. Tous deux aiment les enfants, la tendresse et la loyauté. Le Sanglier se sentira parfois repoussé par le pessimisme du Chien et ira se ressourcer dans des promenades solitaires. Mais, bien que leurs points de vue sur le monde divergent, ils trouvent l'un dans l'autre matière à réflexion et à discussion. La tendresse avant tout !

猪 **Sanglier/Sanglier :** Un débordement d'amour, de sexualité, d'enfants. Ils ne se lasseront pas de leur présence mutuelle et respecteront leur besoin de solitude. Leurs enfants risquent d'être noyés dans un lac de tendresse ordonnée et parfois étouffante. Il est à souhaiter que leur présence si semblable n'avive pas en eux leurs pulsions de porc, car ils tomberaient dans la luxure.

Volonté : Ce n'est pas parce qu'il est tolérant que le Sanglier manque de volonté. Bien au contraire, c'est un natif qui, une fois sa décision prise, ne se laissera détourner par rien avant d'avoir mené son entreprise à bon terme.

意志

Voyage : « Voyage dans les profondeurs de l'être,
« Tu y trouveras des lacs plus limpides,
« Des montagnes et des plaines plus belles
« Que sur la route de ton voyage terrestre. »

旅行

Le Sanglier casanier préfère conserver ses habitudes. Les voyages dérangent l'ordonnance de ses jours. Mais, s'il y est contraint, il y trouvera malgré tout un certain plaisir, surtout à son retour, lorsqu'il pourra se remémorer ses souvenirs.

Yin / Yang : Le yin et le yang représentent respectivement le pôle féminin nocturne, la lune, le froid et l'inconscient d'une part, et d'autre part, le pôle masculin, diurne, le soleil, la chaleur et le cons-

陰

陽

cient. Leurs rapports sont indissociables et ils sont unis en harmonisant éternellement leurs contradictions.
Ainsi, si le yang domine en vous, vous serez extraverti, très sociable et spontané. Si le yin domine, il vous rendra plus intérieur, lunatique et intuitif.
Le Sanglier est yin très profondément. Il est souvent plus faste pour une femme que pour un homme, mais l'étude de son compagnon de voyage peut modifier cet état. Il s'associe avec les autres signes yin comme le Rat, le Buffle, le Lièvre, le Chien, la Chèvre et le Singe (qui est à la fois yin et yang).

生值牛骨為人性
寬廣見博覽事〻
曉得但不得鄉情
官典外都人相倰
有大力直捷之相

生值兎骨為人作
事有頭無尾遇李
少成二十年栄華
晩本主富貴離家
不遂苦上下相睦相

生值蛇骨為人愛
自在安靜心性急
言語傷人一生少
疾軒快心有狠毒
消疏之相

生值虎骨[illegible]
居田地宜自立家
為人近貴有酒肉
分營謀遂有威猛
權柄之相

生值龍骨為人近
貴有大威勢居官
因必發才春夏吉
秋冬不利只清貴
有声名自在之相

生值馬骨一生近
貴衣食足為人不
停是州徃府白居
屋宅有才根無疾
病快樂動靜之相

生值羊骨一生清
閑與上下和人不
和睦性急離祖自
手営口生向老来
富貴近貴之相

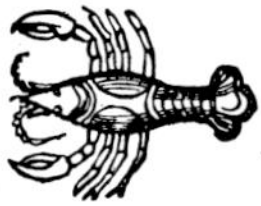

生值雞骨一生近
貴好作九流為事
有牙爪高名顯達
不吃無功之祿星起
伎倆名聲歡樂之相

生值猪骨一生性直
近貴人敬重不愛
祖宅生住才飲食
不向粗細病患多
自在尊重之相

生值猴骨一生有
才德被人脫騙為
人輕快聰明性急
好吃菓子輕薄枷
鎖直捷之相

生值犬骨一生近
貴有福祿為人豫
既不吃無功之祿
主成家不恐無
疾患輕快之相

生值鼠骨為人烦
惱啾唧或此快活
物件衣服常無外
觀人相爭一生病
患啾唧之相

ORIENT-OCCIDENT LA DOUBLE ASTROLOGIE

雙重語的星相學

Dans la tradition populaire et agricole chinoise et au Viêt-Nam, le temps se calcule avec les lunaisons (ce qui n'est pas le cas exact du calendrier officiel des Empereurs de Chine sur lequel se fondent les années astrologiques. Des erreurs ont ainsi été commises dans certains ouvrages de vulgarisation, confondant les lunaisons des paysans chinois avec le calendrier officiel !).

雙重語的星相學

Cette tradition donne à chaque lune chinoise un nom d'animal ; les enfants nés sous ces lunes sont imprégnés du caractère de l'animal lunaire du moment : c'est ce que l'on appelle l'ascendant lunaire. Cet ascendant jouera sur votre activité.

Or, ces lunaisons correspondent assez exactement à la répartition des signes du zodiaque occidental. Regardez donc dans le tableau ci-dessous quel est votre ascendant lunaire. Par exemple, si vous êtes du Verseau, vous êtes né sous la lune chinoise du Tigre qui contrôlera vos activités. Vous saurez donc que vous avez du Tigre yang élément stable bois à ajouter à votre signe et à votre compagnon de voyage.

Si vous êtes né entre les :	Ascendant lunaire	Équivalent occidental
21 janv. - 19 fév.	**Tigre**	**Verseau**
20 fév. - 20 mars	**Lièvre**	**Poissons**
21 mars - 20 avril	**Dragon**	**Bélier**
21 avril - 21 mai	**Serpent**	**Taureau**
22 mai - 21 juin	**Cheval**	**Gémeaux**
22 juin - 22 juil.	**Chèvre**	**Cancer**
23 juil. - 23 août	**Singe**	**Lion**
24 août - 23 sept.	**Coq**	**Vierge**
24 sept. - 23 oct.	**Chien**	**Balance**
24 oct. - 22 nov.	**Sanglier**	**Scorpion**
23 nov. - 21 déc.	**Rat**	**Sagittaire**
22 déc. - 20 janv.	**Buffle**	**Capricorne**

Maintenant, vous comprenez mieux que nos astrologies puissent se compléter, car le lien existe déjà. Ce grand portrait se termine, mettant en rapport votre signe astrologique occidental avec votre animal chinois.

Sanglier/Bélier : Le Bélier offre de la passion au sensuel Sanglier... qui n'en demandait pas tant ! Car il ira se jeter dans des aventures dont il sortira rarement indemne. Mais le Bélier pousse le Sanglier à être plus enthousiaste et optimiste. Si seulement l'un comme l'autre ne croyaient pas naïvement aux belles promesses d'un monde qu'ils voudraient sincère et vertueux, ils ne se sentiraient pas si souvent déçus. Mais là où le Sanglier aurait tiré une leçon dans son coin, le Bélier lui offre la solidité de ses cornes pour ruer dans les brancards et devenir belliqueux. Sa générosité semble sans limites, et ce natif voudrait aider la terre entière. Naïf, attachant, c'est un être de valeur qui refuse qu'on piétine ses rêves...

白羊座

Sanglier/Taureau : Le Taureau va renforcer la sensualité du Sanglier et le conforter dans ses désirs de possession. Ce Sanglier là ne perdra pas facilement la tête, pourra être dur en affaires et économe, mais ne pourra pas résister aux plaisirs de la terre, comme à ceux d'une table bien garnie, d'un corps harmonieux, de richesses confortables. Casanier, il adore recevoir et le fait en véritable épicurien. Mais le Taureau renforce aussi jusqu'à l'extrême l'entêtement du Sanglier : preuves en mains, nul ne peut le faire changer d'opinion ! Travailleur acharné, il n'aimera pas être en vedette,

金牛座

préférant ce qui est palpable aux grands idéaux... somme toute peu consommables... Parfois le Sanglier réussit à imposer ses idéaux au Taureau.

Sanglier/Gémeaux : Quel charme ! Princes et princesses donneraient leur empire pour avoir un tel compagnon ! Le Gémeaux apporte au Sanglier son esprit vif, sa rapidité de comprendre les situations les plus embrouillées, et d'offrir la solution escomptée avec panache. Curieux, malicieux, ce Sanglier là aura envie de voyager et de se sentir entouré. Il tempèrera la superficialité du Gémeaux en sélectionnant ses amitiés, mais il n'en aura pas moins le sens des contacts. Si le Gémeaux retire au Sanglier sa grande naïveté, le Sanglier apprendra au Gémeaux le sens de la parole donnée, et de l'honnêteté. Bavard, ce Sanglier s'extravertit, mais n'est jamais ennuyeux.

雙子座

Sa conversation sera toujours intéressante, car il sera au fait de toutes les nouveautés.

Sanglier/Cancer : Le Cancer pousse le Sanglier à mieux jouir de la vie familiale, et lui offre en prime ses inquiétudes permanentes. Le Sanglier essaiera de réagir en jouant les taciturnes indépendants, mais ses proches ne s'y trompent pas... Ce natif aura grand besoin d'être rassuré, de se sentir à l'abri des désas-

巨蟹座

tres du monde en s'entourant d'amis fidèles et forts. Il se crée un petit monde à l'écart du grand pour y mettre ses rêves, comme on ensemence un jardin. Tendre, impressionnable, il déteste les tumultes et la violence. Parfois narcissique, il veut plaire et montrer ses talents, mais il n'ose pas souvent sortir de sa tanière. Il a peur de la passion qui dérangerait sa vie calme, mais ne sait pas l'éviter.

Sanglier/Lion : Un Sanglier noble. Ce natif est un être à part. Car le Lion lui donne l'envergure dont il manque seul, et il peut prendre sous sa protection bienveillante de nombreux sujets. Ce qui le rend exceptionnel, c'est qu'il ne se sert jamais de sa position de force pour écraser les autres, et qu'il est toujours à l'écoute de ses semblables. Le pouvoir ne lui monte jamais à la tête et pourtant, elle s'avère bien pleine ! Son gros défaut, noblesse oblige, c'est qu'il adore les compliments. Mais comme il mérite d'être reconnu, son entourage ne s'en prive pas, et il est comblé. Et si son appétit charnel est... grandiose, il est d'une fidélité peu commune !... Mais gare à celui qui s'aviserait de le tromper.

獅子座

Sanglier/Vierge : La Vierge culpabilise le Sanglier et le fait travailler sans relâche ! Ce natif sera un obsédé du détail, du travail parfaitement exécuté, et sa demeure

處

女座

brillera des mille feux de la propreté. Il juge le monde bien futile, et se pose souvent en grand détenteur et gardien de la morale bien pensante. Inutile de préciser que l'humour n'est pas son fort... ! Pourtant, sous cet air chaste et sage, il peut parfois se réveiller et devenir un vrai Sanglier/Scorpion.

Ambivalent, son manque d'ambition peut parfois se transformer en mégalomanie totale. Il faut apprendre à bien le connaître pour qu'il se sente assez en confiance pour révéler ses désirs... passionnants ! Un être à ne pas juger superficiellement.

Sanglier/Balance : Un Sanglier pacifiste et artiste. La Balance offre au Sanglier une légèreté et une élégance qu'il ne possédait pas. Le Sanglier, de son côté, ses sentiments humanitaires décuplés, donnera à la Balance de nobles causes à défendre, mettant à profit son sens inné des contacts.

天秤座

Détestant les rumeurs et les guerroiements, ce natif se sentira parfois mal à l'aise dans le réel et tentera d'en échapper par une activité où l'imaginaire se déploie. Vivre avec lui est une source permanente d'harmonie, de gentillesse et de séduction. Mais il ne faut pas le mettre face à des choix car, désireux de plaire à tous, il ne sait pas trancher... sauf les injustices flagrantes, qui le mettent hors de lui.

天蝎座

Sanglier/Scorpion : Le Scorpion magnétique, fascinant et opportuniste vient causer beaucoup de troubles au Sanglier. Ce natif ne pourra s'empêcher d'avoir le goût du pouvoir, et sa sensualité exacerbée par le Scorpion plutonien lui vaut des pulsions qu'il ne sait pas réfréner. Il devient ensuite un être culpabilisé à l'extrême, écorché vif entre ses désirs et ses rêves de droiture. Il pourra passer d'un extrême à l'autre, tantôt assoiffé de pouvoir et des délices de la chair, tantôt sage et vertueux. Mais lorsqu'il parvient, vers la trentaine, à rassembler les deux pôles de sa personnalité, rien ne l'arrêtera plus, et il saura mener sa vie en guerrier fascinant qu'il est ! Lorsqu'il croise votre vie nul n'est prêt de l'oublier.

人馬座

Sanglier/Sagittaire : Un Sanglier protégé des Dieux. Le Sagittaire donne des ailes au Sanglier pour réaliser ses rêves. Il le galvanise et l'aide à surmonter ses échecs avec humour. Son optimisme est contagieux et il peut se mettre totalement au service d'une noble cause sans compter sa peine. L'œil du Sanglier voit le malheur des autres sans complaisance, et avec l'aide du Sagittaire, il parvient à soulever des montagnes pour apporter un peu d'espoir aux plus défavorisés. Il n'en tire aucune gloire, ne recherche pas la fortune, et tente de couvrir le tumulte du monde de sa voix apaisante. C'est qu'il sait avoir la caution de tous les panthéons... mais il aura besoin d'une aide vigilante pour assumer son quotidien.

Sanglier/Capricorne : Ce natif, pourtant ambitieux, fait figure d'ermite. C'est que le Capricorne apporte au Sanglier des valeurs latentes chez lui qui ainsi s'exacerbent : la prudence, la ténacité, l'opiniâtreté et un sens des responsabilités tel qu'il pourrait être un conseiller d'Empereur. Il ne se cache pas la réalité avec les voiles de l'imaginaire et sait le temps qu'il faut au riz pour germer. Patient et persévérant, il a un don d'observation des mille choses qui font le quotidien de la vie, qui confine à un don visionnaire, mais réaliste. Les épreuves ne lui font pas peur, lui qui sait avoir le temps pour lui. Mais il aime l'ordre et entend qu'il règne fermement là où il vit, en despote éclairé.

摩羯座

Sanglier/Verseau : Un Sanglier qui s'engage. Le Verseau va pousser le Sanglier à réaliser ses ambitions humanitaires. Mais pas n'importe comment ! Il sait que pour ne pas que la misère repousse, il faut certes l'arracher, mais changer la terre et l'air où elle a prospéré. C'est le natif des idées nouvelles, futuristes, au service d'une nouvelle race humaine plus consciente. A l'assistanat, il préfère la responsabilisation. Homme ou

寶瓶座

femme d'action, son caractère sort des sentiers battus et il sait se faire entendre car il est l'exemple vivant de ce qu'il prêche. Et si le Sanglier a plus les pieds sur terre que le Verseau, ce dernier l'aidera à surmonter ses pulsions débridées. C'est sans doute le Sanglier le plus inventif.

Sanglier/Poissons : Un natif étrange, à la fois très près des réalités et en même temps facilement enfermé dans son aquarium de rêve où il ajuste la réalité à ses désirs. Pacifiste, dévoué, chaleureux, il sait aussi se retrancher à temps et se faire aider et protéger dès que le besoin s'en fait sentir. Très intuitif, il sent immédiatement le parti qu'il peut tirer de chaque situation et peut ainsi devenir un homme d'affaires hors pair. Il a besoin d'un certain confort matériel pour s'épanouir et sait se le procurer, avec parfois de petites entorses à la morale... Mais il sait si bien nager entre deux eaux avec charme qu'on lui pardonne et qu'on a envie de l'aimer ! Ce natif culpabilise beaucoup de ses manquements à la morale traditionnelle.

雙魚座

Heure d'été de France de 1916 à 1940

SOUSTRAIRE

Du 14 juin au 1er octobre 1916 :	1 h
Du 24 mars au 7 octobre 1917 :	1 h
Du 9 mars au 6 octobre 1918 :	1 h
Du 1er mars au 5 octobre 1919 :	1 h
Du 14 février au 25 octobre 1920 :	1 h
Du 14 mars au 25 octobre 1921 :	1 h
Du 25 mars au 7 octobre 1922 :	1 h
Du 26 mai au 6 octobre 1923 :	1 h
Du 29 mai au 4 octobre 1924 :	1 h
Du 4 avril au 3 octobre 1925 :	1 h
Du 17 avril au 2 octobre 1926 :	1 h
Du 9 avril au 1er octobre 1927 :	1 h
Du 14 avril au 6 octobre 1928 :	1 h
Du 20 avril au 5 octobre 1929 :	1 h
Du 12 avril au 4 octobre 1930 :	1 h
Du 18 avril au 3 octobre 1931 :	1 h
Du 16 avril au 1er octobre 1932 :	1 h
Du 26 mars au 8 octobre 1933 :	1 h
Du 7 avril au 6 octobre 1934 :	1 h
Du 30 mars au 5 octobre 1935 :	1 h
Du 18 avril au 3 octobre 1936 :	1 h
Du 3 avril au 2 octobre 1937 :	1 h
Du 26 mars au 1er octobre 1938 :	1 h
Du 15 avril au 18 novembre 1939 :	1 h
Du 24 février au 15 juin 1940 :	1 h

de 1940 à 1945 zone libre

SOUSTRAIRE

Du 25 février 1940 au 4 mai 1941, 23 h :	1 h
Du 4 mai 1941, 23 h au 6 octobre 1941, 0 h :	2 h

Du 6 octobre 1941, 0 h au 8 mars 1942, 24 h :	1 h
Du 9 mars 1942, 0 h au 2 novembre 1942, 3 h :	2 h
Du 2 novembre 1942, 3 h au 29 mars 1943, 3 h :	1 h
Du 29 mars 1943, 3 h au 4 octobre 1943, 3 h :	2 h
Du 4 octobre 1943, 3 h au 3 avril 1944, 2 h :	1 h
Du 3 avril 1944, 2 h au 8 octobre 1944, 0 h :	2 h
Du 8 octobre 1944, 0 h au 2 avril 1945, 2 h :	1 h
Du 2 avril 1945, 2 h au 16 septembre 1945, 3 h :	1 h

zone occupée

SOUSTRAIRE

A Paris : du 15 juin 1940, à 11 h	2 h
A Bordeaux : du 1er juillet 1940, 23 h au 2 novembre 1942, 3 h	2 h

A partir du 2 novembre 1942 : comme en zone libre.

de 1945 à 1976

Retrancher 1 heure quelle que soit la date de naissance.

Depuis 1976

Retrancher 1 heure. Sauf pour les périodes suivantes, où vous retranchez 2 heures.

1976 :	du 28 mars, 1 h	au 26 septembre, 1 h
1977 :	du 3 avril, 2 h	au 25 septembre, 3 h
1978 :	du 2 avril, 2 h	au 1er octobre, 2 h
1979 :	du 1er avril, 2 h	au 30 septembre, 3 h
1980 :	du 6 avril, 2 h	au 28 septembre, 3 h
1981 :	du 29 mars, 2 h	au 27 septembre, 3 h
1982 :	du 28 mars, 2 h	au 26 septembre, 3 h
1983 :	du 27 mars, 2 h	au 25 septembre, 3 h
1984 :	du 25 mars, 2 h	au 23 septembre, 3 h
1985 :	du 31 mars, 2 h	au 29 septembre, 3 h
1986 :	du 30 mars, 2 h	au 28 septembre, 3 h

Index

Achevé d'imprimer le 2 mars 1989
sur les presses de
Printers à Trento (Italie).
Relié par L.E.G.O. à Vicenza (Italie).